KB023952

이팝나무 가지마다 흰 새들이

이팝나무 가지마다 흰 새들이

노태맹 시집

차 례

·

시집 사용 설명서

1. 이 시집은 레퀴엠, 즉 진혼(鎭魂) 혹은 '다시 쉼으로 돌아감'(requies)을 위한 것이다. 2. 이 시집은 소리 내어 읽기 위해 제작되었고, 그렇게 사용하기를 권장한다. 3. 이 시집을 한 번에 읽는 것은 권장되지 않는다. 피곤하므로 나누어 읽기를 권한다. 4. 이 시집은 원래 물의 레퀴엠, 불의 레퀴엠, 공기의 레퀴엠, 대지의 레퀴엠으로 기획되었으나 사용자들의 편의를 위해 섞고, 대신 숫자로 그 의미를 표시하였다. 물은 1, 불은 2, 공기는 3, 대지는 4와 같은 방식이다. 불멍, 물멍, 구름멍 하는 마음으로 보기를 권장한다. 5. 이 시집에서 대지의 레퀴엠이 없는 것은 나의 훗날을 위해 남겨 두었기 때문이다. 독자들이 대지의 레퀴엠을 빨리 보고 싶어 하지 않았으면 하는 바람이다. 6. 이 시들을 낭독하다가 자꾸 막히거나 입에 돌처럼 걸리는 것이 있다면 그것은 전적으로 시인의 잘못이다. 그러나 시집은 반품되지 않는다.

당신은 푸른 고래처럼 오시고

레퀴엠 1-3

물 아래 가라앉은 저 배는 이제 물의 질료質料에 가깝게 되었나이다. 기억의 갑판에 들러붙어 있던 해초와 딱딱한 껍질의 슬픔도 물의 형상形相에 거의 가깝게 투명해져 있나이다. 천천히 헤엄치는 푸른 물고기보다 더 느리게 태양의 기둥들이 흔들리며 수면에서 가끔씩 발을 내리나, 허나 이제 그 발길이 더 무슨 위로가 되겠나이까? 물은 빛의 영토가 아니고, 빛은 희망의 영토가 아니어서,

그러니 당신 뜻대로 하소서.
우리는 당신의 얼굴을 흔들리는 수면水面처럼 알지 못하니,
우리가 보고 있는 당신은 지금의 당신이 아니고
우리 앞의 당신은 지금 여기의 당신이 아니어서
당신을 흐릿한 수면水面처럼밖에 알지 못하니

하여 당신의 뜻대로 하소서.
오지 않은 과거에서도 오고

이미 온 미래에서도 푸른 고래처럼 오는 그대여,
당신의 뜻대로 하시되
들리는 모든 소리를 당신의 목소리로만 헤아리는
물 아래 가라앉은 배와 그 속에 잠든
그 그리운 이름들을 기억하고 불러 주소서.

당신 뜻대로 하소서.
다만 우리를 우리 죄로 심판받은 표식이라 하지 마시고
저들을 물로 심판받아야 할 불의 자식이라 하지 마시어
우리를 물안개로 위로받는 섬으로 밀어 올려 주소서.
아 이 더듬거리는 노래를 당신에게 바치오니,

　보소서, 물 아래 가라앉은 저 배는 이제 물의 노래에 가
깝게 되었나이다. 기억의 갑판에 들러붙어 있던 해초와 딱
딱한 망각의 막막함도 물의 물에 가깝게 둥글어지고 있나
이다.

9월 2일, 가장 붉은

레퀴엠 3-3

9월 2일. 백일홍 붉은 꽃들이 가장 밝은 빛으로 올랐다가 사유의 초록으로 등을 돌리는 시간이나이다. 달력에는 눈물과 진노의 날이라고 적혀 있고 가련하도다, 가련하도다, 그렇게 바람처럼 외치고 싶었으나 나는 그렇게 말하지 않았나이다. 내가 책으로 읽은 미래들은 모두 사라지고 없고 나는 또다시 나무의 붉은 열매보다도 흰 눈 덮인 벌판으로만 과거를 표상하고 있나이다. 9월 2일. 그 어떠한 날도 천사들에겐 특별한 날이 아니듯 이날도 특별한 날이 아니어서, 나는 강가에 서서 햇살을 포획한 물결들이 윤슬의 금빛 물고기로 변신하는 것을 보고 있나이다. 천사여, 지금 나는 물의 희망에 대해 묻고 있는 것이 아니오이다. 이 벌판에서 나는 늙은 짐승보다 메마른 풀에 가깝나이다. 누가 나를 건드리면 나는 서걱거리며 울 것이고, 누가 나를 밟으면 그대로 흙이 되어 줄 수도 있나이다. 오늘이 가장 아름다운 날이라는 것을 느낄 때 강은 바다에 마침내 다다른 것. 하여 지쳤나이다. 9월 2일, 백일홍 꽃들이 가장 붉은 빛으로 오르는 날이오나

오, 천사여 그대들도 이제 바다 그 먼 곳까지 오진 않을
것이오니.

불쌍히 여기소서 저 언덕, 불과 피로 타오르
는 나무들을
레퀴엠 2-2

우리는 불의 날들을 먹었습니다.

우리는 불의 황금알을 먹었고
우리는 불의 냄새를 먹었고
우리는 불의 감각을 먹었고
우리는 불의 꿈을 먹었고
우리는 불의 노래를 먹었고
우리는 불의 학살을 먹었습니다.

우리는 불에서 태어났습니다.

우리는 불의 얇은 막을 찢고 들어가
우리는 불의 미래로 태어났고
우리는 불의 종말로 태어났고
우리는 불의 검은 재로 태어났고
다시 불의 과거로 태어났습니다.

기억하소서, 저 언덕과 계곡
불과 피로 타오르며 자라는 종려나무들을 기억하소서.

불은 아이처럼 나무를 붉은 이빨로 물어뜯고 있었고
불길 속 검고 깊은 구멍 속으로
불의 날카로운 한 손은
그 검은 구멍의 가장자리를 긁어 내고 있었나이다.

불쌍히 여기소서
나의 학살과 무관심을
나의 무지와 나의 평온을

그리하여 기억하게 하소서, 저 언덕과 계곡
책과 칼을 들고 선 종려나무 한 그루
꼿꼿이 선 채 푸른 불을 길어 올리고 있는 것을.

저들에게 붉은 석양의 안식을 주소서

레퀴엠 2-1

저들에게 붉은 석양의 안식을 주소서.
저들에게 푸른 강 언덕의 안식을 주소서.

하루의 노동이 끝나고
아이들의 웃음이 둥글게 시간을 구부릴 때
마주 앉고픈 저들 가슴속 주름 접힌 시간들이
검은 재 속에 묻힌 잉걸불처럼 다시 펼쳐지게 하소서.

이제는 이 불이 달아나지 않게 당신 손을 주시어
우리 고통의 중심에 놓인 이 불이 더 이상
마음대로 흔들리고 절망으로 찢어지지 않도록
당신 시간의 표식으로 붙들어 주소서.

우리에게 달콤한 연기가 낮게 가라앉은
견딜 만한 질서와 다툼의 마음을 주시고
또 우리에게 따뜻한 밥과 국의 포만을 주시어

삶과 죽음이 하나인 걸 알게 하시되
떠난 저들에게 불의 변증辨證을 오래 기억하지 않게 하소서.

천국인 불과 지옥인 불이 아니라
평안의 불과 놀라움의 불이 아니라
봄꽃의 불과 얼음의 불이 아니라

저들에게 붉은 석양의 안식을 주시고
내일도 저들에게 푸른 강의 안식을 주시어

우리가 우리를 기억하지 못할지라도
이 노래와 눈물이 새기는 기도를 생각하시어
서로의 뜨거움을 견디게 해 주소서.

능소화 내 아름다운 이여

레퀴엠 3-8

예산리 만산晩山댁 앞 키 큰 전나무
능소화 주황빛 꽃들이 꼭대기까지 덮어
찬란하여 숨 막히는 당신의 사랑 같습니다.

하여 하늘의 흰 뭉게구름과 같은 노래로
그대를 주저하며 부르느니
능소화 내 아름다운 이여,

나도 키 큰 전나무처럼 이 어깨로
중력을 이겨 오르는 당신 넝쿨의 계단이 되어 드리리니
꽃노을의 주황빛으로 나를 물들게 하시고
날카로운 나날들도 여름 밤하늘의 별들과 어울리게 하
시되

능소화 내 아름다운 이여,
한마디 말도 없이 뚝뚝 떨어져 내리지는 마세요.
이별을 이별답게 떠나보내지 못한다면

내 남은 나날들은 긴 장마와 같은 것이어서

능소화 내 아름다운 이여
오 찬란하여 숨 막히는 우리 사랑이어도
그림자만 남은 사랑은 사랑이 아니어서
당신의 주황빛 꽃들을 나는 떠나보낼 수가 없어요.

능소화 그대 노을의 노래여.

물로 만들어진 노래를 부르다

레퀴엠 1-2

그대 별들이여,
우리는 이제 이것밖에 노래할 수 없으니

물로 만들어진 봄 새소리와
물로 만들어진 엄마의 아침 목소리
물로 만들어진 푸른 집과
물로 만들어진 하늘과 그리고 물의 흰 구름처럼

우리를 불쌍히 여기는 이여,
우리는 이제 이것밖에 노래할 수 없으니

물로 만들어진 길고양이와
물로 만들어진 느린 오후 햇빛
물로 만들어진 사소한 사랑 이야기와
물로 만들어진 이팝나무들 그리고 물의 바람 소리처럼

우리를 불쌍히 여기소서

우리는 이제 이것밖에 노래할 수 없으니

물로 만들어진 가난한 이들과
물로 만들어진 황금 신전들
물로 만들어진 슬픈 공화국과
물로 만들어진 칼과 그리고 날카로운 물의 피처럼

그대 별들이여,
우리를 불쌍히 여기소서

시간은 갓 태어난 아이를 피 묻은 채 바위 위에 버렸고
보고 듣고 우는 것도 배우지 못한 아이를
바람은 붉은 짐승처럼 채어 물속으로 던져 버렸으니

사각형이 되고 싶은 물과
바위가 되어 잠시라도 서 있고 싶어 하얗게 부서지는 물
파도에 금세 잊혀지는 모래라도 되고 싶은 물과

누군가의 발자국이라도 안고 싶은 물의 노래처럼

우리를 불쌍히 여기소서
우리는 아직 이것밖에 꿈꿀 수 없으니

사랑하는 이의 눈을 들여다보는 물과
파도의 절정에서 부둥켜안고 울어 보고 싶은 물
아무 이야기라도 깔깔거리며 흘러가고 싶은 물과
하늘에서 반짝이며 떨어져 내리는 물과 그리고 그리운
눈물처럼

우리를 불쌍히 여기소서
우리는 이제 이것밖에 노래할 수 없으니

우리를 불쌍히 여기소서
우리 물로 만들어진 노래밖에 부를 수 없으니

물로 만들어진 엄마 아빠와
물로 만들어진 세상의 거울
물로 만들어진 우리를 태우고 온 배와
물로 만들어진 하늘의 물고기들
그리고 저 흔들리는 별들의 자리처럼

우리를 불쌍히 여기소서

그대, 우리를 불쌍히 여기소서.

황금이 들끓는 용광로에 당신의 어린양이

레퀴엠 2-6

보소서! 금속의 뜨거운 화염 속으로 한 아이가 떨어졌나이다. 황금이 들끓는 용광로라 한들 무엇이 달라졌겠나이까? 꿈은 때때로 검은 재가 되기도 한다 한들 그것이 푸른 나무에게 무슨 위로가 되겠나이까? 금속의 뜨거운 쇳물 속으로 한 아이가 떨어졌나이다. 기름 속에 떨어진 한 방울의 물이 튀어 오르는 순간처럼, 그가 보았을 마지막 풍경이 날카롭게 우리의 심장을 찌르나이다. 황금이 들끓는 용광로라 한들 누가 그를 황홀이라 이름 하겠나이까? 우리의 노래는 노래가 되지 못하고, 통곡은 입술에서부터 불타오르나이다.

그를 우리 앞에 현현顯現케 해 주소서.
완벽하게 사라진 죽음을 우리는 결코 알지 못하니
그를 우리의 이 노래로 이별케 해 주소서.

그를 우리 앞에 현현顯現케 해 주소서.
불의 몸이 아닌 물과 공기의 몸만이라도 와서

그와 우리의 이 물노래로 이별하게 해 주소서.

오, 황금으로 들끓는 불멸의 꿈이여,
살과 뼈조차 다 녹여 버리는 노동 없는 노동이여,
온 세상이 신전神殿인 무릎 꿇린 노동자여,

보소서! 황금이 들끓는 용광로 앞에서 우리는 물의 기억도 없이 소멸하고 있나이다. 이곳이 마치 영원한 것처럼, 이 불이 마치 영원한 것처럼 그렇게 기다리고 있나이다. 금속의 뜨거운 쇳물 속으로 한 아이가 떨어지고, 우리의 노래는 곡조를 잃은 화염처럼 이리저리 펄럭이나이다. 보소서! 보소서!

이팝나무 가지마다 흰 새들이

레퀴엠 3-1

바람은 어디에나 있습니다.
소박한 당신처럼
흔들리는 모든 것은 당신의 증거입니다.

바람은 어디에나 있습니다.
보이지 않는 작은 새떼들처럼
이팝나무 가지마다에서 뛰어내린 생애의 흰 꽃들은
무수한 새 발자국만을 남기고 사라졌습니다.

당신은 숨어 노래하는 새소리
우리가 문을 열어 두기만 하면 들을 수 있는
보이지 않는 충만이니
나도 당신의 기도 소리를 듣게 해 주십시오.

바람은 어디에나 있습니다.
아직은 오지 않은 혁명처럼
가슴 울렁거리게 하는 모든 것이 바람의 증거입니다.

>

저 닫힌 문을 열어 두기만 한다면
우리는 당신이 웃는지, 우는지, 소리치는지
보지 않아도 알 수 있습니다.
당신이 우리를 향해 그러한 것처럼
흔들리는 모든 것은 당신의 증거여서

이 노래는 흰 꽃이 되고
아픈 여울목이 되고
작은 잉걸불이 되어서
물을 물답게 하고
불을 불답게 하고
흙을 흙답게 합니다.

바람을 따라간 이에게 바람의 안식을 주십시오,
우리가 우리의 기도를 듣게 해 주십시오.

바람의 언덕 위 우리 두 팔을 벌리고 서 있으리니
어긋난 우리 일생의 틈 사이 그대 바람으로 불어와
풀피리처럼 우리를 노래하게 하십시오.

이팝나무 가지마다 앉은 작고 흰 새들도
꽃으로 뛰어내리며 노래할 준비를 하고 있는
당신의 봄날입니다.

이 슬픔도 물이 되게 하소서

레퀴엠 1-1

그대는 5월의 바람처럼 강江에서 왔나이다.

　저 호수와 같이 커다란 눈을 뜨고
　나의 기도는 지금 강 바닥의 고통을 읽어 내려가는 중이
오니
　시간을 끌고 가는 저 강의 수평을 생각하시어
　바다를 꿈꾸는 저들에게 수평선水平線의 안식을 주소서.

그대는 5월의 바람처럼 바다에서 왔나이다.

　저 강과 같이 은빛 지느러미를 끌고
　나의 기도는 지금 대지의 긴 고통을 읽어 내려가는 중이
오니
　공간을 밀어 올리는 저 바다의 깊이를 생각하시어
　별을 꿈꾸는 저들에게 반짝이는 밤바다의 위로를 주
소서.

모든 것이 물이 되게 하소서.
슬픔도 물이 되게 하시고
이별도 물이 되게 하시고
고통도 물이 되게 하시고
분노도 물이 되게 하시고
사랑도 물이 되게 하시고
보고 싶은 이 마음도 물이 되게 하시고
물이 되고 싶은 이 마음마저 물이 되게 하시어

죽음을 죽음답게 완성하게 하소서.
그대 모든 원소의 원소여
불멸의 순환이여,

그리하여 물에서 싹이 돋고 나무가 자라는 날들을
그리하여 물이 알을 낳고 물고기가 헤엄치는 날들을
오, 우리가 다시 낯선 사랑으로 만나게 되는 날들을
떠나가고 떠나가며 꿈꾸게 해 주소서.

>

5월의 바람처럼 강에서 왔나이다.
그대 5월의 바람처럼 바다에서 왔나이다.
하여 저들에게 물의 안식을 주소서
이제 저들에게 당신의 위로를 주소서.

나는 오직 붉은 백일홍 꽃이나이다

레퀴엠 1-4

나는 붉은 백일홍 꽃이나이다.
삼백년 낡은 기도문처럼 비는 내리고
나는 당신에게 기도하는 법을 잊어버린 꽃이나이다.
당신에게 기도하는 손을 잃어버리고
당신에게 기도하는 입술을 꽃잎처럼 찢겨 버린

나는 허공에 매달린 붉은 백일홍 꽃이나이다.
비는 노래하는 법을 잊어버렸고
수평의 바닥을 향해 비는 수직의 기도를 바치지만
녹슨 청동의 혀는 기도하는 법을 앗아가 버렸나이다.
당신을 향해 오르던 음계는
날카로운 못이 되어 허공중에 박혀 있나이다.

그리하여 나는 울지 못하는 천년의 종鐘이나이다.
기억하는 천년조차 허구의 구름이어서
삼백년 낡은 기도문처럼 하늘에서 내리는 비는
물 마른 모래의 수직 폭포와 같았나이다.

나는 기도조차 할 수 없는 붉은 백일홍 꽃이어서
나는 기도조차 할 수 없는 입안 가득한 모래여서

오직 내가 나를 위해 기도하나이다.
물의 날들을 꿈꾸며
죽지 않은 내가 죽은 나를 위해 울고 있나이다.
단단한 허공을 품은 나의 도시여
물 없는 나의 물의 나라여,
나는 허공에 매달린 붉은 백일홍 꽃이나이다.
나는 허공에 매달린 낡은 노동자이나이다.

천사들이 울고 있다

레퀴엠 1-5

하늘의 별들이
모두 지상으로 내려왔네.
사다리 맨 꼭대기에서 천사들이
별이 된 눈물과 그 고통의 기도를 내려다보고 있느니

지상의 어둠들은
천사의 발목을 강물로 덮고
밤이 깊어도 사람들의 꿈은 너무 환하고 밝아서
천사들은 지상의 별들에게 내려갈 수도 없네.

오 우리 반짝이는 슬픔,
오 아득한 천사의 사다리여,
사람들이 사라지고 없는 찬란한 별들만의 지상이여,

말할 수 없는 천사들이 울고 있네.
들을 수 없는 사람들은 어둠으로 스며들어서
어둠을 아는 별들만

지금 컴컴한 침묵으로 하늘에서 빛나고 있네.

울음이 강이 되고
슬픔이 천사가 되는 시간이네.

거룩하다 나는 기다려 왔던 바로 그이니

레퀴엠 2-7

가련하여라, 저 쓰러진 붉은 염소여
가련하여라, 저 머리가 부서진 농부여
가련하여라, 저 영원히 꺼지지 않는 화염이여
가련하여라, 저 숨 쉴 수 없는 초록의 강이여
가련하여라, 저 쇳물에 녹아 버린 나의 형제여
가련하여라, 저 길 위 저 굴뚝 위의 노동자들이여
가련하여라, 저 입 없는 검은 돌멩이들이여
가련하여라, 저 새끼 잃은 어미의 푸른 이마여
가련하여라, 저 도시의 죽게 내버려진 잉여들이여
가련하여라, 죽은 농부와 노동자를 부르는 시민들의 북
소리여
가련하여라, 만장挽章을 든 분노의 손들이여

이 노래가 밥이 되고
이 눈물이 술이 되어
오늘 그대들과 나누네

34

\>

이 노래가 살이 되고
이 눈물이 피가 되어
내일 또 그대들과 나누네

그리하여 거룩하도다
우리가 바로 기다려 왔던 바로 그이니

그리하여 가슴을 두드려라
우리가 바로 기다려 왔던 바로 그 우리들이니

기억하라
우리의 정치는 노래와 눈물이 떨어진
바로 이곳에서 시작하고 또 시작하느니,
혁명革命은 모든 희망이 사라지고 잊혀진
허름한 골목의 붉은 고양이처럼 나타나리니,

오 가련하여라, 이름을 얻지 못한 나의 나여!
오 거룩하여라, 기억을 얻은 나의 눈물들이여!

긔ㅅ발이여 朝鮮의 푸로레타리아여

李相春*을 위한 레퀴엠 3-7

외로운 섬 솔가지우에 날개펴고서

오도가도 못하고 써있는 갈메기같고나 그대 넉시여.

철공장 쇠-물에 녹아버린 勤勞^{근로}의 形體^{형체}업는 肉身^{육신}

기계들 사이로 끼어버린 만흔 로동자의 悲鳴^{비명}들

造船^{조선}창 놉흔곳 날개도업시 썰어져 내린 새들의 痛哭^{통곡}소리

그대 아득허니 듯고보나니,

朝鮮^{조선}의 푸로레타리아트여,

집도업시 빈 가슴을 쓰리며 사라온

가련한 푸로레타리아트여,

어써한 비바람이불어쳐도 우리들은 나아가고잇느냐

나아가야한다 사라지지안흔

* 이상춘(1910-1937). 대구 출신. 화가, 연극인. 연극과 무대 미술을 통해 프롤레타리아 문예운동을 했다.

저들 帝國제국의 썍르조아지를 그냥보구잇슬거신가.

긔ㅅ발이여 朝鮮의 푸로레타리아여,
오 놀라운 하로 십오錢전
우리는 손이 즘생으발가티되고도 하로를 살지못하고
가도가도 쏫들은 모순떵이 얼골로 피어나니
긔ㅅ발이여 朝鮮의 푸로레타리아여,
분긔하는가 근로하는 우리형제들이여!

돌아보라 먼저 가온 동지들,
외로운 섬 솔가지우에 날개펴고서
오도가도 못하고 써있는 흰구름가튼 그대 동지들의
얼골.

하여 그대 손은 고양이발가티되어 세상무대에 그림그
리나니
빗나는태양 광선밋헤 원형으로싸인 관객가운대

푸로레타리아의 꿈을 기둥새워
자유의 토-뽀스 오 평등의 토-뽀스를 그리나니
긔ㅅ발이여 朝鮮의 푸로레타리아여,
분긔하라 분긔하라, 근로하는 우리형제들이여,
웨치는 바람가튼 그대여!

내 기억 속의 불이여 이제는 잠잠하라

레퀴엠 2-8

푸른 강ㅍ이여
이제 저 화염의 꽃밭을 적셔 주소서.

보랏빛 오동나무여
이제 저 화염의 심장을 돌려받아 가소서.

불타는 붉은 새여
불을 안고 이제는 저 별들 사이로 날아가소서.

그리하여 내 기억 속의 불이여
이제는 호수처럼 잠잠히
꿈꾸듯 그 푸른 불빛을 바라보게 하소서.

결코 내 앞에
평화의 날들이 오지 않을지라도

눈물과 통곡을 진흙으로 짓이겨

불이 구워 놓은 항아리의 내부는
언제나 물이 기억해 내는 불의 흔적이거니

그러므로 화염의 기억이여
내 기억 속의 불이여
이제는 눈을 감고 호수처럼 잠잠하소서.

물의 기억을 믿으소서.

그대여, 물의 기억을 사유하소서.

그대여, 그리하여 불의 평화를 얻으소서.

바람을 듣다

레퀴엠 3-4

바람은 나와 당신의 환유여서 당신이 그리운 날이면 나는 바람을 듣습니다. 산수유 노란 꽃과 조팝나무 흰 꽃 사이, 텅 빈 놀이터의 나른하게 서로를 힐끗거리는 살찐 고양이와 직박구리 사이, 봄날 이 나직한 슬픔과 낮은 구름 사이의 바람 말입니다.

그랬어요, 당신이 그리워 흐르는 작은 바람만으로는 세상은 아무것도 읽혀지지 않는 질료質料의 충만이었을 뿐이었어요. 하여 떠나는 것에 익숙해지려 하였지요. 이제는 울음으로 그대 이름 부르지 않고, 꽃과 꽃 사이를 심연深淵이라 하지도 않고, 이별에만 능숙해지려 했었지요. 나뭇가지들이 바람을 더듬으며 흔들리듯 나는 눈먼 이처럼 당신을 붉게 더듬어 상상하려 하였을 뿐,

아직 돌아오는 것들에 대해서는 익숙해지지 못하여 바람 속은 그대로 가득 차 있다는 것, 그대가 꽃처럼 아름답게 돌아오고 있다는 것을 알지 못했습니다. 당신이 바람으

로 연둣빛 나뭇잎과 흰 꽃들을 흔들고, 직박구리들의 몸을
빌려 노래할 때, 나는 떠나고 떠날 슬픔만을 기억하고 있
어서 당신이 이 봄의 숲으로 돌아와 있다는 것 알지 못했
지요.

　바람의 노래,
　봄빛의 바쁜 종종걸음들,
　뚝뚝 떨어져 내리는 붉은 동백꽃의 이유여,

　비로소 나는 나의 완벽한 슬픔을 이해하게 되겠나이까?

하늘로 날아오를 무게를 주소서

레퀴엠 3-2

하늘로 날아오를 무게를 주소서.

붉은 백일홍 꽃나무 위
웅크리고 앉은 산비둘기를 현존現存케 하는 것은
천사처럼 다가와 무게를 얹어 주는 당신의 바람이오니

우리를 불쌍히 여기시어
우리에게 지상으로 뛰어내릴 무게를 주소서.

여름 뭉게구름과 같은 천사의 무게를 주시어
이 완고한 평화 속에서도
모음을 잃어버린 자음과 같은 이 묵음默音의 도시를 견
디고
꽃으로 날아오를 무게를 주소서.

그림처럼 멈춰 선 거리와 숲으로
흐느끼고 있는 천사의 등과 같은 바람을 흘려보내시어

우리의 몫만큼 아우성치게 해 주소서.

천사에게 날개가 없듯이
우리 희망에도 새들의 날개를 원하는 것은 아니오니
바람으로 오시는 이여,
바람의 무게로 오시는 이여,
바람의 모순으로 오시는 이여,
우리를 불쌍히 여기시어

길을 걷다 문득
울컥 쏟아지는 울음에도 당신의 무게를 주시어
이 아픔과 이 정지停止도
날개도 없이 바람처럼 날아오르게 해 주소서.

백일홍이여, 뜨거움 없는 빛이여

레퀴엠 2-9

그대 백일홍,
뜨거움 없는 빛이여

그대 백일홍,
묵언默言의 붉은 입술들이여

죽은 이가 떠난 식탁에 둥글게 둘러앉아
우리는 식은 국밥을 나눠 먹고

나무의 심장에서 뿜어져 나오던 피와
검은 재를 뒤집어 쓴 붉은 달을 노래하느니.

우리 이제 집으로 돌아가려 하네,
봉기蜂起처럼 타오르는 것만이 사랑은 아니어서

그대 뜨거움을 삼킨 침묵
언젠가 다시 불타오를 백일홍이여

>
이것만이 우리의 혁명은 아니어서
우리 이제 다시 최초의 시간을 불러오려 하네.

백일홍이여,
스스로 얼어붙은 화염火焰이여

백일홍이여,
잠언箴言의 붉은 입술들이여

우리는 노래하고 또 노래하느니
잉걸불이 우리 혀 다 태워도 노래하느니

사랑한다는 것은 오직 붉은 노을 속
꺼지지 않는 빛으로 다시 반짝이는 것임을

날아가는 새들처럼 노래하네.

날아오는 새들처럼 노래하네.

위로 받으라 눈물이여, 죽은 이들을 덮고 살아난 시간이여

레퀴엠 2-5

눈물이여,
불의 대지 위에 뿌려진 흰 씨앗들이여,

분노여,
불로 가득 찬 뜨거운 돌에서도 피어난 붉은 꽃들이여,

눈물이여,
바위틈으로 바라보던 밤하늘의 별과 그대 별의 사람들,

분노여,
아 그대들로 하여 살아난 이 속절없는 노래여,

위로慰勞는 오직 살아 있는 자의 몫이어서
살아남은 나는 바닷가에 서서 가수가 되고

통곡은 오직 살아 있는 자의 몫이어서
살아남은 나는 오름에 올라 시인이 되었나니

>

화염火焰의 구덩이여
용암鎔巖의 붉은 바다여,
그대들의 죽음을 덮고 있는 이 산하의 검은 노을이여,

기억하고 기억하느니
기억하고 기억하느니
오 기억하고 또 기억하느니

시간의 자음들
저 불의 단지 속에 뿌려진 흰 씨앗들이여,

죽음의 문장들
저 불로 가득 찬 돌에 피어난 붉은 꽃들이여,

이만큼만 그대들 별들 사이로 떠나보내도 좋은지
속절없이 시간의 언덕 위

이렇게 노래하고 노래해도 좋은지.

자비와 두려움의 왕이시여, 이 뜨거움은 붉은 바위에 새기나니

미카엘 천사에 의한 레퀴엠 2-3

자비와 두려움의 왕이시여,
이 불의 붉은 성문城門을 열어젖히고
당신의 화원花園으로 저들을 이끄신 잔혹의 왕이시여,

오 고통과 절망의 왕이시여,
당신의 심장 속에만 푸른 불을 독점하여
사랑을 분배받는 신전으로 저들을 이끄신 황금의 왕이
시여,

죽은 이들은 맞잡을 손을 잃었고
대지를 디딜 다리마저 잃었나이다.

살아 있는 이들은 사랑할 가슴을 잃고서야 가슴을 치고
볼 수 있는 눈을 잃고서야 울고 있나이다.
지금의 지금을 잃었나이다.

오 긍휼矜恤과 피의 왕이시여,

오동나무에 묶인 저들의 가슴에 화염의 총탄을 주시고
울부짖는 저들의 벌린 입에 검은 흙을 덮어 주시는 비밀
의 왕이시여,

두렵다 하나이다, 외부外部가 없는 내부內部가
스스로를 삼키고 또 삼키고 있나이다.

굴뚝으로밖에는 올라갈 길 없는 연기처럼
더 잃을 것도 없는 이들은
그저 영토 없는 깃발처럼 펄럭이고 있나이다.
여기의 여기를 잃었나이다.

자비와 두려움의 왕이시여,
오직 당신의 심장 속에만 붉은 불을 독점하여
털 없는 짐승처럼 저들을 벌벌 떨게 하시는 잔혹의 왕이
시여,

당신의 질문은 어디까지이나이까?
당신의 위로는 얼마만큼이나이까?
저들은 대답을 위해 얼마나 더 크게 입을 벌려야 하나
이까?

나의 날개는 불탄 숲을 덮으며 불타고
소리를 잃은 저의 목소리는
뙤약볕 아래 물 마른 강과 같나이다.

천사여, 하고 불러 주소서.
나의 천사여, 하고 불러 주소서.
하면 내 저 붉은 바위에 상형象形의 노래로서 당신을 새
길지니
그로 하여 모든 죽은 이들에게
하늘빛의 위로를 전하리니

양들이여, 하고 불러 주소서.

오 나의 양들이여, 하고 불러 주소서.
하면 내 저 피의 늪에 푸른 갈대로 서서
사람들이여, 오 나의 비통함이여
날카로운 당신의 목소리를 바람에 풀어 전하리니

자비와 두려움의 왕이시여
오, 자비와 두려움의 붉은 왕이시여!

고요가 푸른 물이 되다

레퀴엠 1-6

고요가 푸른 안개가 되나이다.
푸른 안개는 숲 속 샘을 푸르게 눈 뜨게 하고
흐릿한 시선視線이 시냇물의 아침 말문을 여나이다.

밤새 내게 묶여 있던 아픔도
마침내 말문을 열게 하시어
시냇물 소리
백일홍 나무 아래 검은 고양이에까지 가 닿아
발 디딜 때마다 갸르릉 갸르릉
자갈 굴리는 소리를 내나이다.

고요가 푸른 물이 되나이다.
사방으로 번지는 종소리에도 물소리 섞이고
붉은 꽃은 시냇물 위
불그레한 자신의 얼굴을 들여다보고 있나이다.
사랑은 언제나 들여다보는 자신의 사랑을 닮아 있어

중얼거리며 홀로 가기에 강江은 여기에서 한참 먼데
시냇물 소리는 여태 꾸물거리다
지난밤의 경전經典 위를 여울지고 있을 뿐이나이다.

오소서,
오소서,
고요가 붉은 빛이 되나이다.
소란스럽고 따가운 고요이나이다.

산정에서 푸른 소가 금빛 나팔을 불다

레퀴엠 2-4

나는 불타는 기억이나이다.
산정山頂에서 푸른 소가 금빛 나팔을 불고
이 지상에서의 기억을 이제 더 이상 허락하지 않는다 하
시니
마지막 나의 불타는 기억으로 노래하나이다.

그날의 노래이나이다.
쪼그리고 숨은 우리들 등 뒤로
뜨거운 불의 돌들이 우박처럼 쏟아지던
그날의 기억이나이다.
내 유황불로 태워질지라도
안고 있던 내 아이의 목숨만은 성한 채
꽃신 신고 뛰어다니게 하고 싶은

이날을 위한 노래이나이다.
엎어지면서도 아이를 씨앗 심듯이
땅속 깊은 곳으로 꾹꾹 밀어 넣었나이다.

불의 돌들이 미치지 않는 곳까지
내 목숨 할 수 있는 힘 다해 꾹꾹 밀어 넣었나이다.

그날의 노래이나이다.
쪼그리고 앉은 우리들 얼굴 위로
총 든 그 아범들은 검은 흙을 뿌려 대고
세상 모든 짐승들의 입가엔 피가 묻어 있었나이다.

이날을 위한 노래이나이다.
영문도 모르는 난리 끝나고 진달래 피는 봄 되면
소나무 갈참나무 뿌리들이라도
내 아이 움켜쥐고 땅 위로
꽃으로 꺼내 주리라 믿었나이다.
한참을 울다가 내 아이 배고프면
진달래가 꽃 한 줌 입에 털어 넣어 주리라 믿었나이다.

나는 불타는 기억

이 불타는 기억을 당신께 바치오니,

산정에서 푸른 소가 금빛 나팔을 불고

이 지상에서의 기억을 이제 더 이상 허락하지 않는다 하
시니

내 남은 불길이 평화이게 하소서.

내 아이에게 당신의 쉼을 주소서.

자귀나무 붉은 꽃 어머니

레퀴엠 3-5

저 바람 속에 누군가 있어요, 어머니
자귀나무 꽃잎 끝 붉은 빛들로 불려 나와
아직은 불균형의 날개로 회오리치며 날고 있는
어머니, 저 바람 속에 누군가가 있어요.

이제 그리로 가세요
너무 오래 흙이었고
너무 오래 물이었던 당신의 노래도 이제
붉은 꽃으로 피어오르고
뭉게구름으로 솟아올라서
그리하여 저 바람과 함께
그 어떤 이름으로도 불려지지 마세요.

모든 기억의 꽃과 이파리의 끝에서 날아올라
나에게도 모두에게도 잊혀지세요.
투명하게 주름져 접힌 시간들을 두려워 마시고
날아오르고 회오리치는 저 바람의 날개만이

어머니, 당신의 거처일 거예요.

저 바람 속에 더 누군가 있어요, 어머니
이제 그가 누구인지 궁금해 하는 눈도 지우고
내 정념의 귀도 들리지 않게 하여
자귀나무 붉은 꽃잎 끝으로 불려 나와
흰 나비처럼 바람 속을 두리번거리는 어머니,
어머니 당신들의 완벽한 완성을
햇빛 반짝이는 푸른 이파리의 바람결로 느끼세요.

당신 곁에 누운 다른 모든 육신들도 깨워, 어머니
물이 되고, 흙이 되고, 나무가 되어
붉은 꽃들이 손깍지 끼고 날아오르듯
그렇게 함께 날아오르세요.
그리하여 모든 바람의 바람이 된 후
비가 되고 먼지가 되어
저 붉고 푸른 자귀나무 아래

아무도 모르는 환한 뿌리로 다시 잠드소서.

나의 기억, 나의 어머니
자귀나무 꽃 붉은 어머니, 어머니
바람이 되어 잊혀지세요.
바람이 되어 잊혀지세요.

다시 돌아오는 어머니, 나의 어머니시여!

잠 깨어 헛되이 노래하다

레퀴엠 3-6

제1곡 — 眞진, 眞, 眞*

고백하나이다.
지역난방공사 네거리 좌회전 신호를 받는 사이
불안이 검은 고양이처럼 갑자기 내 차 앞에 끼어들었나
이다.
높은 굴뚝의 흰 연기는 이제 아무것도 증명하지 못하고
메타세쿼이아가 베어진 자리에는
미래의 공황恐慌을 우회하는 고가도로가 섰나이다.

흔적이 흔적을 메우면서
또 도시는 정당화되었나이다.

* 보월거사 정관(普月居士 正觀, ?-?)의 제10 게송에서 인용.

제2곡 — 如여, 如, 如

노래하나이다.
쫓기는 자들은 모두 높은 곳에 둥지를 틀었으나
바람 소리는 그곳까지 다다르지 못했나이다.
우리의 집도 바람 소리 위에 지어져
그 집에서 읽은 책들은 모두 헛되었으니
우리는 말이 없거나 때론 한가로운 잡담 같았나이다.

부서지며 뾰족뾰족한 평등도 길이라고 말해졌고
나 잠깨어 헛되이 노래하나이다.

제3곡 — 然연, 然, 然

무릎을 꿇었나이다.
무엇이 정녕 '그러한 것'들이었나이까?

성주대교를 지나며 나는 나의 직진이 늘 두렵나이다.
옆으로 비켜서지 못하는 황색 선의 강박과
우리를 가라앉혀 버릴 것은 저 넓은 강江의 이데올로기,
눈길 주는 강 물결마다에 태양은 하나씩 떠 있었나이다.

당신의 표상에 어울리며 반짝이는
'그러한 것'들이 강에서 증명되었나이까?

제4곡 ─ 叿흥, 叿, 叿

울었나이다.
나의 삶이 저들의 죽음으로 긍정되는 한
나는 무엇을 건너고 무엇에 다다르려 한 것이나이까?
한밤 헛되이 잠에서 깨어
불안이 덮고 있는 그 위태로운 초침 소리에 맞춰
헛되이 또 물에 젖은 나의 경전經典을 읽느니

그대여, 나의 어린양이여
슬픔의 내장을 넓게 펴 우리 머리 위에 걸쳐 주시는
뚝뚝 피 흐르는 나의 어린양이여

저 바람처럼 헛되이 노래하되
헛되고 헛되어서 헛되지 않으리이다.

노을빛 금목서 나무 아래에서

레퀴엠 3-9

황금빛 바람 불고
붉은 풀들이 가벼운 마음으로 눕는 가을 들판을
오늘은 너의 눈빛으로 바라본다.
하기야 이제는 너의 풍경이 나에게만 남아 있어
이 눈물이 무슨 소용인가도 싶지만
가을 다하도록 날아다니는 잠자리 한 마리처럼
이 가을 나의 슬픔은 악착같다.

이런 날 너와 소주잔 부딪치며
길가 어느 식당에서 삼겹살 구워 먹고 싶은데
그저, 네가 내 앞에 앉아 있기만 해도 좋을 텐데,
어슬렁거리는 걸음 같은 어둠은 오고
골목길 주황빛 늦은 꽃을 피워 올린 금목서 나무 아래
저녁노을은 그림자처럼 깔려
이 가을 나의 슬픔은 온통 붉은 빛이다.

오늘은 너 없는 나를 위해 술노래를 부르리니

그곳에서 잘 있어라. 그래,
다시 돌아간 그곳에서 잘 있거라. 그래,

나는 내일 황금빛 바람 불고
붉은 풀들이 가벼운 마음으로 일어서는 가을 들판에
서서
눈 감고 있어도 환하게 번져 오는 태양빛의 소리를
그렇게 네 안부처럼 듣고 있겠다.

푸른 안개가 섬을 붙들듯이

레퀴엠 1-7

바다 아래로 가라앉고 싶은 섬을
푸른 물안개가 붙들고 있네.
구름이 배들처럼 몰려들며 경적을 울리고,

마침내 섬이 배에 흰 띠를 두르고 멈춰 섰을 때
푸른 물안개는 구름에게 물의 권리를 넘기고
투명한 바람이 되었다네.

흰 선을 그으며 바다 위를 달리는 오랜 모음들이
바닷가 몽돌들 달그락거리며 내는
새로운 자음들을 만나기 위해 달려가는 그런.

그러나
나는 지금 무엇을 들을 수 있을지
배에 흰 띠를 두른 섬처럼 침묵한다네.

오래된 날들보다 더 오랜 노래여,

가장 낮은 목소리로 가라앉은 물의 은폐여,
진흙으로 된 물고기와
물로 만든 새들을 풀어놓은 7월의 바다여,

내가 기억하여 노래하는 것보다
더 큰 기억의 등대를 세워
죽은 모든 이들을 어둠 속에서도 기억하게 하라.

바다 아래로 가라앉고 싶은 섬을
푸른 물안개가 붙들듯이 그렇게
나의 젖은 노래 소리로 그들을 불러 모으게 하라.

이 노래의 끝에서 바다가 쏟아지나이다

레퀴엠 2-10

이제는 편히 돌아가게 하소서!
가서는 다시 돌아오지 말게 하소서!
이제 그대의 빛은 균형으로 정지해 있고
우리가 눈을 얻을 때까지 빛은 어둠에 깊이 싸여 있나
이다.

이제는 편히 돌아가소서!
가서는 다시 돌아오지 마소서!
나무는 불의 아비,
물은 이 불의 자식이어서
불타는 저 섬에서부터 바다가 쏟아져 내리고 있나이다.

갈매기처럼 떠 있는 별들 사이로
빛을 버린 무게들이 살별처럼 떨어져 내려
파도는 자주 희게 움푹움푹 패이지만
이 노래의 끝에서부터 바다가 쏟아지나이다.
이 노래의 끝에는 차가운 빛들이 깊이 숨겨져 있나이다.

>

그리하여 강이 아니라 바다라 하였나이다.
수평선의 저 붉은 노을은
바다가 물보다는 불에 더 가깝다 하였나이다.
우리를 한꺼번에 태워 버리는
당신의 불에 더 가깝다 하였나이다.

우리의 노래를 들어주소서!
저들의 노래를 들어주소서!
우리의 노래를 들어주소서!
불타 버린 저들의 노래를 들어주소서!

불타는 저 섬에서부터
바다가 쏟아져 내리고 있나이다.
셀라!
셀라!

레퀴엠, 천사의 시학^{詩學}만은 아닌

Ⅰ. 시(詩)가 어떻게 나를 사유하게 할 것인가?

1. 주체가 언어활동에 의해 파생된 하나의 효과이듯, 시인도 시에 의해 파생된 하나의 효과이다. 시 이전에 시인이란 없고, 시인은 자신이 시를 붙들고 (혹은 시에 붙들리고) 있는 한에서만 빛을 내는 존재이다. 그러므로 타인에게 혹은 타인이 자신을 시인이라고 호명하는 순간은 불가능하고 지체된 허구일 뿐이다. (그러니 그 시인이라는 이름은 잊자!)

2. 시인 혹은 저자의 죽음을 말하는 것이 아니다. 또 다른 핵심이기도 한 것은, 저자 혹은 시인이라는 주체가 어

떤 방식과 어떤 규칙으로 현실과 시작詩作에서 표상되고 상호 기능해 왔는가를 묻는 것이다. 시인이라는 이름을 잊자고 하여 시인의 죽음을 말하는 것은 아니다. "그러니 우리 울음을 참자."[푸코]

3. "우리는 현재에 대한 '역사상의' 동시대인이 아니라 '철학상의' 동시대인일 뿐이다."[마르크스] 같은 방식으로, 나는 나의 현재에 대한 상상적인 동시대인일 뿐이다[롤랑 바르트]. 역시 같은 방식으로, 시인들은 현재라는 가상을 살아가는 상상적인 동시대인일 뿐이다. (위로가 되는 말이기도 하면서, 우울한 소식이기도 하다.) '역사상의' 동시대인으로 살아야 된다고 주장하는 것은 억지이거나 윤리적 규범일 뿐인 것일까? 나는 이 '레퀴엠'이라는 이름을 얻은 시들을 통해 '역사상의' 동시대인들을 기억하고자 하였지만, 그것은 처음부터 불가능한 기획이 아니었을까?

4. 사막이 나타난다고 하였다. 바르트는 '확실히' 글쓰기와 작품 사이에는 모순이 존재하고, 내가 시 쪽으로 향할수록, 그 시 쓰기로 내려갈수록, 견딜 수 없는 밑바닥으로 내려갈수록, 그곳에 사막이 나타난다고 하였다. 시를 써본 누구나가 경험하는 사막. 전갈처럼 사막에 무릎을 꿇고, 붉은 석양을 향해 메마른 입술로 노래하는 트라피스트

수도회 수사의 모습으로 나에게 표상되는 그런 사막. 모든 것이 길인, 그러나 어디에도 길은 없는 시詩의 사막.

5. 창조력은 우리가 부재할 때, 우리가 무의식일 때 존재한다고 칼 융은 주장했다. 그리고 상징을 통해서만 무의식은 우주(신)에 다다를 수 있다고 융은 말한다. 니체는 신이 죽었다고 선언하면서 동시에 상징을 모조리 쓸어버렸기 때문에 자신을 보호할 아무것도 남지 않게 되었고, 그 비참한 최후는 그로 인한 것이라고 융은 주장한다. 그러나 융은 상징을 위해 니체의 '현재'를 방기했다. 그의 상징은 부르주아의 유물이 될 위험에 처했다. 마찬가지로 이 '레퀴엠'은 상징과 '천사'를 부르는 노래가 됨으로써 '현재'의 '죽음'이 희미하고 애매해졌다. (나는 나의 실패를 고백하고 있는 것이다!)

6. 끝없이 이어지는 바그너의 선율은 사람들로 하여금 헤엄치고 떠다니게 하기 때문에 니체는 바그너와 사상적으로 절연한다. "내 발은 무엇보다도 멋진 보행과 내닫음과 도약과 회전이 낳는 도취를 음악에서 요구한다."[니체] 바슐라르는 "니체적 불은 차가움을 원한다"고 표현했다. "불은 냉혈 동물이다. 불, 그것은 뱀의 붉은 혀가 아니라 그 강철 같은 머리이다. 차가움과 높이. 여기에 그 불의 본

령이 있다."[바슐라르] 그렇게 창조력은 우리가 솟아오르고 쏟아부어질 때 존재한다. 그러나 그 불이 시일 때, 그러한 시들이 성공할 확률은 매우 낮다. 시인은 미리 불타 버리고 독자들은 하품을 하기 시작할 것이다.

7. 보들레르는 "인생의 여러 커다란 상황들 속에서 제스처의 허풍을 떠는 진실"에 대한 이야기를 한 적이 있다. 우리의 시들이, 나의 시는 그러한 허풍의 제스처는 아닌가? 바르트는 그것을 누멘Numen이라고 불렀다. 누멘은 원래 신성이고 위엄이지만, 이제 그것은 응고되고, 영속되며, 함정에 빠진 히스테리이다. 왜냐하면 긴 시선에 의하여 움직이지 않고, 묶인 채 계속되는 히스테리이기 때문이다. 우아한 포즈들, 귀족적인 손짓, 비장한 정경, 허공을 향해 쳐든 눈 등등. 니체의 말을 들뢰즈가 옮기면서 한 말처럼, 이제 "우리의 비탄이 우리의 올가미"가 된다. 비탄으로 우리는 시를 쓰고, 시는 다시 그 비탄의 불씨를 되살린다. 뻔한 순환론… 허풍의 제스처… 그 속에 내 시가 있는 것은 아닐까?

8. 시가 나를 어떻게 사유하게 할 것인가? 나는 나의 질문조차도 제대로 해명하지 못했다. 창조와 운동에 대해 좀 더 긴 이야기가 필요할지 모르겠다. 다만 이것만은 나에게

명확히 해야겠다. 내가 시인인 것을 버릴 것. 내가 시인인 것은 오직 나만이 확증할 수밖에 없으므로. (조금은 쓸쓸하다!)

Ⅱ. 왜 레퀴엠인가?

1. 죽음이 어떻게 나를 사유하게 할 것인가? ― 이것이 시작인 것은 맞다. "그 어떤 발성적 피곤도 유도하지 않는 시들, 표현되지 않은 발성적 꿈을 이끌어 내는 시들"[바슐라르]을 노래하고 싶었다. 바슐라르의 '물, 불, 공기(바람), 대지'의 상상력이 내 시적 탐험의 뗏목이 되어 줄 참이었다. 그 상상력을 통해 '비동시대적'인 '역사상의' 동시대인들의 삶을 재현해 보고 싶었다. 그리고 "인간의 죽음이란 인간이라는 개념이 지식 속에서 기능하는 방식을 밝혀 주는 테마이다."[푸코] (그러나 나는 지금 그것이 왜 실패할 수밖에 없는 기획이었는가를 고백하고 있는 중이다.)

2. 빛은 자신의 의지만으로 물속을 밝게 할 수는 없다. 물이 밝아지는 것은 물들이 맨살 전체로 햇살을 받아들이면서부터이다. 빛의 무한 거리를 물이 꺾어 주면서, 그리하여 빛이 무한에서 유한에로의 꺾임을 통해 반짝임은 우

리에게 오는 것이다. 사물들은 무서운 속도로 달려오는 그 무한을 유한의 몸으로 견딤으로써 빛을 드러낸다. 생이 죽음을 견뎌내고 받아들임으로써 빛나는 것처럼. 무한은 유한에 종속된다. 이제 무한의 빛은 유한한 우리의 것이 된다. 시詩는 이 물과 같다. 그러나 나 스스로를 유한한 존재로 한정 짓고 자기 규정하는 일은 그렇게 간단한 일이 아니다. 무한의 빛이 유한의 물 표면에 부딪힐 때의 그 섬광을 나는 과연 견뎌낼 수 있었을까?

3. 한나 아렌트는 『정신의 삶 — 사유』의 첫 페이지에서 그리스의 철학자 카토를 인용하고 있다. "인간은 자신이 아무것도 하고 있지 않을 때 그 어느 때보다 활동적이며 혼자 있을 때 가장 덜 외롭다." 아렌트는 관조적인 삶의 우위성을 강조하면서 활동적인 삶으로서의 정치 행위를 경시하던 플라톤 이후의 전통을 비판해 왔다. 그녀는 인간의 공동체 내에서 인간들이 어떻게 진정한 정치적 삶을 살 수 있을까를 고민했다. 그럼에도 그녀가 침묵과 사유를 강조하는 것은 이러한 정신적 삶이 정치적 삶의 원동력이 된다고 생각했기 때문이다. "카토가 옳다고 상정할 경우에… 우리가 단지 사유하는 것 이외에 아무것도 하지 않을 때 우리는 무엇을 행하고 있는 것일까? 동료들에게 둘러싸여 있는 우리는 자신 이외의 다른 사람들과 함께 있

지 않을 때에는 어디에 있는 것일까?"[아렌트]

4. 시인은 허무주의자가 아니다. 시는 수사적 장식이 아니다. 그렇다면 침묵 속에서 시인은 무엇을 사유하는 것일까? 허공 속에서 시는 어디로 미끄러지는 것일까? 나는 죽음을 통해 어떤 현실을 이야기하고 싶은 것일까? 이것만은 분명하다. 시인은 영원히 자신만의 시간을 가지고 있지 않다는 것. 죽음마저도 공유共有되고 우리는 또 그것을 공유한다. 행동하지 않을 때 나는 사유思惟(시라고 해도 될 것이다)하고 있지 않은 것이고, 사유하고 침묵하고 그렇게 세상을 바라보면서 시를 쓰지 않을 때, 나는 아무것도 하지 않은 것이다. (나는 지금 과연 충분히 사유하고 있고 또한 정치적인 것일까?)

5. 나는 바슐라르로부터 다음과 같은 것을 빌려 왔다. "공기는 일종의 초극된 질료이다. 대지의 환희를 풍요와 중량이라 말한다면 물의 환희는 부드러움과 휴식이며, 불의 환희는 사랑과 욕망이며, 공기의 환희는 자유이다… 공기는 기이한 질료이다. 그것은 질료적 성격이 없는 질료이다… 공기는 아무것도 싣고 오지 않는다. 그것은 아무것도 주지 않는다. 그것은 '무'無의 엄청난 영광이다. 그러나 아무것도 주지 않는다는 것이야말로 가장 큰 선물이 아닌가?

빈손을 하고 있는 저 위대한 증여자는 우리에게 손 내밀고 싶은 욕망을 덜어 준다… 바람 속에는 누군가 있다." 나는 바람 속에 있는 그 '누군가'에게 노래 불러 주고 싶었다.

6. 물의 레퀴엠. 불의 레퀴엠. 공기(바람)의 레퀴엠. 그리고 대지의 레퀴엠. (대지의 레퀴엠은 나 스스로를 위해 남겨 두었다.) 바람 속에 그 '누군가'가 있는 것처럼 물속에도, 불속에도 '누군가'가 있다. 그 '누군가'를 위해 노래하는 것이 내가 사유하는 것이고, 내가 행동하는 것이라고 나는 믿는다.

7. 그런데 문제는 서사(이야기)가 없는 죽음의 이미지가 한 덩어리로 뭉쳐져 각각의 것으로 식별되지 않는다는 것이다. 명확한 경계를 지우지는 않았지만 나는 누군가 혹은 무언가를 지향했다. 그럼에도 서사가 없는 지향은 오직 죽음 혹은 기억이라는 관념적 대상만을 지시하는 것처럼 보인다. 두세 편의 레퀴엠만으로 충분했을까?

8. 시인 프랑시스 잠은 다음과 같이 썼다. "균형을 유지하는 것보다는 멋진 열매들을 더 사랑한 나머지 꺾여 버리는 사과나무들이 있다. 그 나무들은 미친 나무들이다." 왜냐하면 나무는 대지의 생명력을 푸른 하늘로 싣고 오르

는 힘이어야 하기 때문이다. 그러나 나는 붉은 열매를 사랑하여 축 처진 사과나무를 더 좋아하는 것 같다. 여기까지가 내 한계다. 죽음을 견디기에 나는 아직 어리석고, 내 시는 이미 지쳤다.

9. 그래도, 그래서, 나는 천사가 되기로 결심한다.

III. 천사의 시학(詩學)

1. 미셸 세르는 그의 『천사들의 전설』에서 다음과 같이 말한다. "그러니까 우리는 천사들과 동일한 방식으로 일하는 셈이지. 천사는 오래되었지만 동시에 현대적인 이미지야. 우리 앞의 군중을 봐. 프로메테우스 같은 사람은 많지 않아. 헤라클레스나 아틀라스 같은 사람은 말할 것도 없어. 하지만 천사는 많고 많아. 모두 여행을 떠나고, 모두 메시지 전달자야… (세계는 점점 휘발성을 띠어 가지만) 휘발한다거나 기화하기 쉽다는 뜻의 라틴어 볼라틸리스Volatilis는 날개를 지닌 것들에 붙는 말이야. 이 형용사는 또한 하나의 상태에서 또 다른 상태로 빠르게 변할 수 있는 물질에 대해서도, 그리고 나타난 다음 갑자기 사라지는 어떤 것에도 사용되지. 나는 이 세 가지가 천사의 속성이라고 말한

다 해도 틀리지 않다고 생각해." 마찬가지로 시詩도 날개
가 달려 있어 어디론가 자꾸 날아다니고, 그러다가 나의
의식에서 갑자기 사라진다. 또한,

2. "천사들은 파동, 바람의 흐름, 빛의 깜박거림, 반짝반
짝 빛나는 별자리와 유사"하고 "국지적인 것을 세계적인
것에 연결"한다.[미셸 세르] 그러므로 모든 죽은 이들과 우
리의 시詩는 천사와 닮았고 그를 통해 우리는 세계와 소통
한다.

3. 우리는 시詩를 다음과 같이 생각한다. "존재는 스스로
를 은닉하는 탈은폐함(스스로 숨기면서 드러냄), 즉 시원적인
의미에서의 퓌시스(자연)다. 스스로 드러냄은 비은폐성 속
으로 나타남이며, 다시 말해 비은폐성으로서의 비은폐성
을 비로소 본질 속으로 간직함이다. 비은폐성은 알레테이
아, 즉 우리가 번역하듯이, 진리라고 말해진다. 이러한 진
리는 시원적인 것이다. 다시 말해 그것은 본질적으로 인
간에 의해 인식되거나 진술되는 그런 성격을 지니고 있는
것이 아니다… 진리는 스스로 드러내는 것으로서 존재 자
체에 속해 있다."[하이데거] 그러나 천사의 날갯짓 없이 그
비은폐는 없다.

4. 그 수많은 천사들을 다 열거할 수는 없을 것이다. 그래도 내게 온 천사들을 열거해 보기로 하자: 이념 없는 이념의 소용돌이 속에서 학살당한 수많은 천사들, 힘겨운 노동의 현실 속에서 떨어지고, 불타고, 부서지고, 숨이 막히고, 스스로 목숨을 끊은 천사들, 이유도 모른 채 물속에 갇혀 흰 파도가 된 어여쁜 천사들, 내 어머니 천사들, 일찍 떠난 내 동생 천사, 물대포에 머리가 부서진 농부 아저씨 천사, 그리고 내가 식별하지 못한 수많은 별빛의 천사들…

5. 레퀴엠Requiem은 아마 쉼, 안식이라는 뜻의 라틴어 레퀴에스requies에서 왔을 것이다. 이 requies는 동일하게 쉼, 안식이라는 뜻을 가진 퀴에스quies에로 다시re- 돌아간다는 뜻이다. 정리하자면, 레퀴에스는 과거의 쉼과 안식이 있었던 곳으로 다시 돌아가 쉼과 안식을 얻는다는 뜻이고, 아마도 레퀴엠은 그 '다시 돌아감'에 대한 음악을 지칭하는 것일 것이다. 그리고 천사는 그 음악을 연주하면서 인간에게 이러한 진리의 메시지를 전달하는 자일 것이다.

6. 그렇다면 시詩는 천사의 노래가 될 수 있을까? 나는 '쉼'이 있는 그곳으로 다시 돌아가고 싶은 것일까? 그런데, 노래하기 위해서 반드시 요청되는 것은 고요히 머무르며 '그 말'을 들어야 한다는 것이다. 듣지 않고 무슨 말을

메시지로 전할 수 있겠는가? 물과 불과 바람과 대지의 '그 말'을 나는 고요히 머무르며 제대로 들었던가?

7. 천사들은 아파하지 않는다. 인간의 날이 끝나도 천사들은 인간만의 천사가 아니어서, 천사는 울지 않는다. 그래서 나의 레퀴엠은 천사의 목소리만을 꿈꾼 것은 아니었다. 내가 원했던 것은, 우리의 아픔과 슬픔에 우리가 동시대적同時代的으로 아파하고 슬퍼해 주는 것이었다. 그리고 그 모두가 '쉼'에 이를 수 있도록 천사는 요청된 것이었다. 그러나 나는 과연 천사처럼 고요히 머물러 있었던가? 서사敍事 없는 통곡과 서정만을 보여준 것은 아니었을까?

8. "아무도 살지 않는 가장 내적인 곳에서 비로소 이 (영혼의) 빛은 만족을 얻으며, 거기―신의 근저―에서 그것은 자기 자신에서보다도 더 내적이다. 왜냐하면 이 근저는 그 자체에 있어서는 움직이지 않는 단순한 정적靜寂이기 때문이다."[마이스터 에크하르트] 그러나 오해하지 말았으면 좋겠다. 나는 지금 우리의 '삶'을 이야기하고 있는 것이다.

9. 그림에 대하여: 차규선 화가의 놀라운 그림(2020년 작)에 나 혼자만의 제목을 붙여 보았었다. '백일홍 꽃이 피는 시간'. 그러다 어느 순간, 그것은 꽃 피는 순간이 아니라

꽃이 지는 순간이겠구나 하는 생각이 문득 떠올랐다. (우리로부터 멀어지거나, 무거운 중력장으로부터 벗어날 때 보이는 빛의 적색편이赤色偏移로 볼 수 있겠다고 생각한 건 한참 뒤의 일.) 그래서 이 그림은 '그림으로 그려진 레퀴엠'이다.

우리는 아름다운 붉음은 늘 나타나고 있는 상태일 거라고 생각한다. 그러나 사라짐이 자주 더 아름다운 붉은빛을 띠기도 한다. 사라지는 모든 이들이, 그리고 나도, 이렇게 아름다웠으면 좋겠다.

차규선, 화원(花園), 116×91cm, 혼합재료, 2020.

노태맹 시집
이팝나무 가지마다 흰 새들이

초판 1쇄 발행 2021년 12월 6일
초판 2쇄 발행 2022년 5월 30일

지은이 노태맹
책임편집 변홍철

펴낸곳 도서출판 한티재 펴낸이 오은지
등록 2010년 4월 12일 제2010-000010호
주소 42087 대구시 수성구 달구벌대로 492길 15
전화 053-743-8368 팩스 053-743-8367
전자우편 hantibooks@gmail.com
블로그 blog.naver.com/hanti_books
한티재 온라인 책창고 hantijae-bookstore.com

ⓒ 노태맹 2021
ISBN 979-11-90178-84-6 03810